I0548487

J.-B. LACOMBE

JE VOUS SALUE

GUILLAUME LE VAINQUEUR

Ave Cesar.

Cette facétie fut prononcée par le grand-duc de
Bade, gendre de Guillaume de Prusse, au palais de
Versailles, le 1er janvier 1871.

Prix : 5o. centimes

PARIS

F. LACHAUD, ÉDITEUR

4, PLACE DU THÉATRE-FRANÇAIS, 4

1871

J. B. LACOMBE

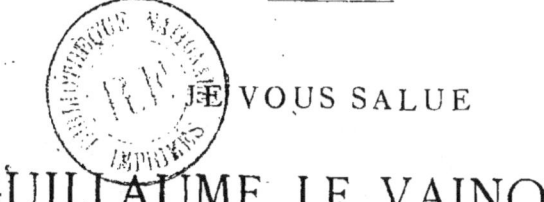

JE VOUS SALUE

GUILLAUME LE VAINQUEUR

Ave Cesar.

Cette facétie fut prononcée par le grand-duc de
Bade, gendre de Guillaume de Prusse, au palais de
Versailles, le 1er janvier 1871.

PARIS

E. LACHAUD, ÉDITEUR

4, PLACE DU THÉATRE-FRANÇAIS, 4

1871

JE VOUS SALUE

GUILLAUME LE VAINQUEUR

Ave Cesar.

Cette facétie fut prononcée par le grand-duc de
Bade, gendre de Guillaume de Prusse, au palais de
Versailles, le 1ᵉʳ janvier 1871.

———————

Lorsque, tout frissonnant des sueurs de la honte,
Loin des bruits, anxieux, sans témoins, on affronte
Le grand livre où Tacite enferma les Césars.....;
Lorsqu'on a sous les yeux tous les lambeaux épars
Qui forment la légende, et que, l'âme froissée,
On peut, résolûment, la manche retroussée,
Fouiller l'entassement des noms accumulés
De tous les malfaiteurs des siècles écoulés...;
Quand on peut soupeser les feuillets de l'histoire,
Pour savoir de quels maux se compose la gloire...,

Guillaume, on cherche en vain, parmi tous ces héros
Dont la lime du temps n'a pu mordre les os,
Celui qui, plus que toi, mettant crime sur crimes,
Dans nos champs désolés entassa de victimes ..

Vainement j'interroge, allant jusqu'à Néron,
Pour voir s'il en est un. — L'histoire me dit : « Non ! »
De Cartouche à Mandrin, jusques à Charlemagne,
Sur le velours du trône et sur les bancs du bagne,
Depuis Caligula, Winceslas, Sigismond,
D'autres que l'on retrouve en creusant plus profond.
Il n'est pas un bandit, pas un porte-ferraille,
Qui, comme criminel, se mesure à ta taille ! ..

Et c'est toi, tigre-roi, sinistre maraudeur,
Qu'on ose proclamer Guillaume le Vainqueur ?...
C'est à devenir fou ! — Que ton gendre de Bade,
L'égorgeur de Strasbourg, te donnant l'accolade
Au nom des souverains, princes et hauts barons
Que déjà nos enfants appellent *hauts larrons*,
S'en vienne, maîtrisant un éclat de fou rire,
Te taper sur le ventre et te donner du « Sire »,
Ces choses-là se font peut-être en carnaval ;
Mais n'être que Guillaume et se croire Annibal,

S'amuser au César! essayer la couronne
Que porta Charles-Quint!... Sur l'honneur, je m'étonne
Que ton bouffon Bismarck, ce valet sans pudeur,
Ne t'ait pas dit, ô roi! qu'un sceptre d'empereur
Est un roseau fragile en le siècle où nous sommes...,
Siècle où Dieu n'est plus là pour signer vos diplômes.. ;
Qu'il ne t'ait pas montré l'homme de Friedland,
Et celui qu'on a pris sous les murs de Sedan :
L'un, couvert du manteau que brode la victoire ;
L'autre sifflé, hué, conspué par l'histoire...
L'un, du bruit de ses pas étonnant l'univers,
Pendant vingt ans luttant, faisant face aux revers,
A la tête des siens défiant la mitraille,
Se couchant tout botté sur les champs de bataille,
N'eût jamais attendu, les pieds sur les chenets,
Buvant du *champenois*, qu'un de Moltke, un von Reigtz,
Lâchement abrités derrière une fascine,
Lui livrassent Berlin réduit par la famine!. .

C'est l'épée à la main qu'il allait aux combats..
Et l'on peut excuser l'ivresse des soldats,
Éblouis des rayons de ce grand météore,
Répondant toujours : « Oui ! » quand il disait : « Encore ! »
D'avoir permis, un jour que l'Europe avait peur,
Où tous les souverains, affolés de stupeur,

Se tenaient cois, tapis sous le dais de leur trône,
Que ce victorieux saisisse une couronne,
Et que, posant son pied sur leurs fronts consternés,
Il dise à ce troupeau de princes détrônés :
« Élus du droit divin, je suis le droit du glaive !...
Vous êtes ce qui tombe, et moi ce qui s'élève ;
Vous êtes le passé, vous êtes souvenir !....
Moi, je suis l'inconnu qui s'appelle avenir ! .. »

Avenir ! mot sonore avec lequel on grise
L'humanité qui marche à la terre promise...
Mot terrible et profond ! phare mystérieux
Allumé par la main du jeune ambitieux
Qui, bravant le remous de la marée humaine,
Vit sombrer son esquif au cap de Sainte-Hélène !...

Guillaume, le soldat dont j'épelle le nom
S'appela Bonaparte, et puis Napoléon.
Il avait, à vingt ans, conquis assez de gloire
Pour rester sous sa tente et lasser la victoire
A suivre pas à pas ce jeune conquérant,
Qui, des bords de l'Adige, impétueux torrent,
Poursuivant sans repos sa marche triomphale,
Entra victorieux dans votre capitale !...

Il avait abattu l'Autriche à Marengo
Et dicté le traité de Campo-Formio. ;
Il avait le Tyrol, toute la Lombardie !
Il voulut l'univers ! — Et, de sa main hardie
Souffletant le vieux monde, il courut, comme un fou,
Se briser impuissant sous les murs de Moscou !...

Sire, c'est là le sort que Dieu, dans sa justice,
Garde aux *vainqueurs* qui vont, au gré de leur caprice,
Jeter aux nations des défis outrageants...
Cirons, que le flatteur compare à des géants,
Rome vous réservait sa roche Tarpéienne !...
Nous avons le bâton,... et nous avons Cayenne !...

9372. — Imprimerie Jouaust, rue Saint-Honoré, 338.

18

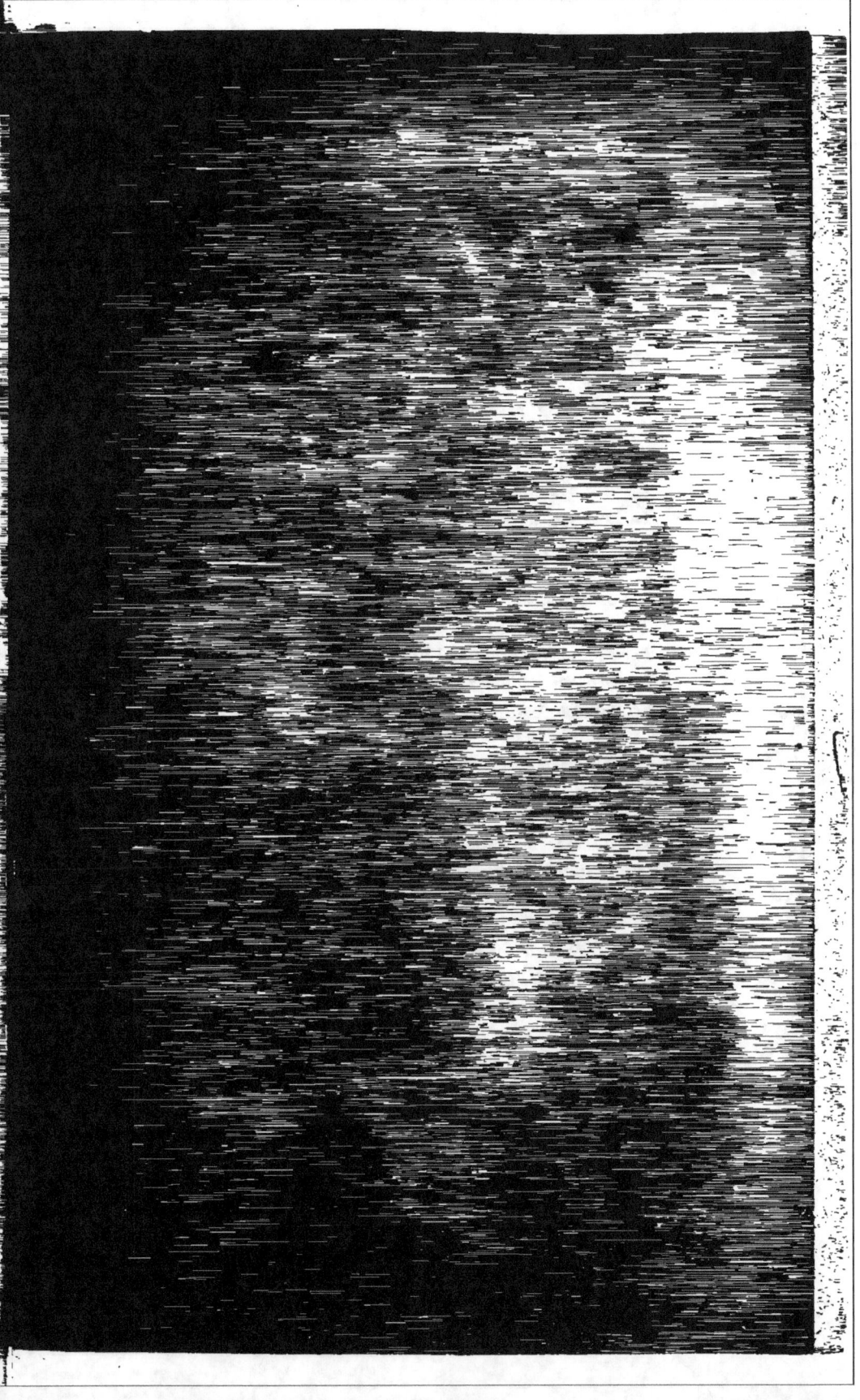

NOUVEAUTÉS POLITIQUES ET LITTÉRAIRES

DE LA LIBRAIRIE E. LACHAUD.

9372 — Paris, Imp. Jouaust, rue S. Honoré, 338.